연희와 민현

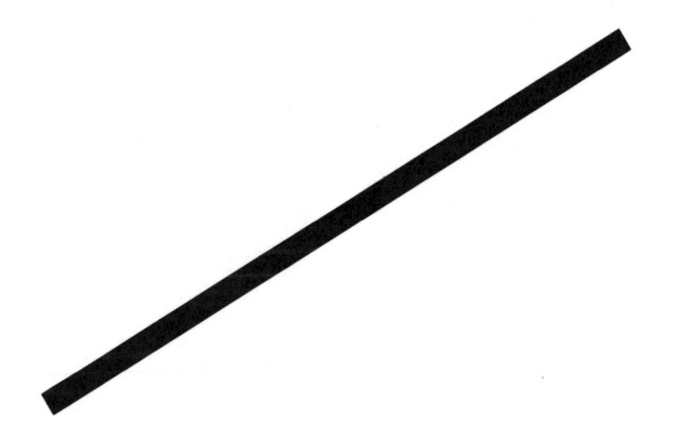

우정 시집

『연희와 민현』 추천사

강혜빈

연희와 민현의 세계로 들어가면 별안간 무중력 상태가 된다. 폭풍우에 몸을 맡기고 진동하는 땅 위에서 균형을 잡다가 찌릿하게 감전되고 만다. 호각 소리가 점점 가까워진다. 부서지는 세계 위로 전력 질주하는 아킬레스건이 보인다. 다만 힘을 뺀다는 건 제대로 놀아보겠다는 뜻. 저절로 신명 나는 칼춤과 알록달록한 유령들의 행진이 이어진다. 꼬리에 꼬리를 물고 연결되는. 잔잔히 무심하다가도 언제 그랬냐는 듯 무섭게 몰아치는. 너무나도 달라보였던 둘이 녹아내리니 다름 아닌 하나 된다. 우정의 의미나 이면을 애써 생각하지 않아도 되는. 그런 우정이 여기 있다. 함께 이상하고 씩씩한 춤을 추는.

이 세계는 연쇄와 파동, 그리고 융합의 규칙으로 작동된다. 규칙을 깨부수는 규칙으로. 뒤섞이는 리듬은 액체 슬라임처럼 여러 조각으로 나뉘었다가 다시 한 덩어리가 된다. 끈적끈적하게, 말랑말랑하게, 아무렇게나 통통 튀면서. 둘은 새로운 '것'을 탄생시

킨다. 아주, 흥미롭고도 험한 것을⋯⋯ 형상은 질료에 의해 구현되며, 질료와 형상이 결합되면 비로소 새로운 '것'이 만들어질 수 있다. 둘은 어깨동무를 하고, 무덤과 베개를 나란히 두고, 규칙을 파기하고, 산책의 감각을 새로 쓴다. 탈주하고 탈피하고 탈진하고. 호방하게 무릎을 털고 일어선다. 같은 시의 제목으로 다른 세계를 열어 보인다. 동시에 다른 시의 제목으로 우연히 마주한다. 민현과 연희가 나눈 영혼과 어깨, 무덤과 규칙, 고양이와 유령, 순정만화와 북극, 그리고 언니와 접시들, 둥근 포옹, 세모난 단어채집, 우아한 영혼의 장난들이 좋다. 폭삭 깨졌다가도 다시 뭉치는 전 지구적인 재료들이 좋다. 봄밤에, 달콤한 즙이 줄줄 흐르는 피자두를 베어 무는 아찔한 기분이 든다. 괄호 속에 숨은 은밀한 암호와 언어의 거대한 지도를 본다. 그들의 시 속에서 새로 태어난 존재들의 모든 말들을. 언어와 언어 아닌 것들을.

"둘이라는 말"은 푹신하다.* 영원히 둘이고만 싶다. 이 사랑스러운, 예사롭지 않은, 악동 같은 언니들의 디스코 팡팡 팝핑 캔디 같은 해체쇼를 영원히 바라보고 싶다. 둘 사이에 비집고 들어가서 팔짱을 끼고 싶다. 재미있는 미신을 들려주고 싶다. 깊은 밤에 휘파람을 불고 싶다. 금기를 깨고 싶다. 연희와 민현과 함께라면 어쩐지 아무것도 무섭지 않다. 언니라는 말을 다시, 우정의 뼈를 매만지며, 언니, 언니- 하고 불러본다. 세계의 밑바닥에서 상상도 못 한 정체가 나오더라도 짤랑거리는 춤을 멈추지 않기를. 산뜻한 죽음을 향해 함께 걸어가기를.

시란 무서워? 시작이란 우스워!
시작이란 무서워? 시란 우스워!**

우리 아무거나 되자.

* 주민현, 「시작하는 마음」 부분
** 한연희, 「힘 빼고 시작」 부분

강혜빈
시인. 사진가 '파란피paranpee'. 뉴노멀이 될 양손잡이. 빛과 컬러를 중심으로 경계를 넘나드는 이미지를 발명하고 있다. 2016년 문학과사회 신인문학상을 수상하며 작품 활동을 시작했다. 시집 『미래는 허밍을 한다』, 『밤의 팔레트』, 사진산문집 『어느 날 갑자기 다정하게』 외 다수.

시인의 말

민현: 미지의 X에게

연희: 찬란한 우정을

* 이 시집은 연희와 민현이 함께 주운 단어로 쓰였습니다. 서로의 시가 어떻게 연쇄적으로 이어지고 파동을 일으켜 융합되는지 단어의 지도를 따라가며 읽어 보세요.

시작 — 영혼 — 어깨 — 무덤 — 규칙 — 힐마 아프 — 고양이 — 유령 — 순정만화 — 앨리스 — 세계기록보관소 — 불교 — 접시 — 서로의 사진 — 리듬

3부 융합

4부

에세이

0부

시작하는 마음

배전함을 열자 어둠이 쏟아졌어

전구를 거꾸로 갈아 끼웠어

감전 감전 감전

새로운 힘이 필요해

새로운 에너지가 필요해

우주적으로 전 지구적으로 질료 구하기

어둠을 뚫고

비바람을 뚫고

세상의 진실을 알기 위해 여기에 왔어

진실이란 뭐지?

하나도 둘도 아닌 것 수렴되지 않고 확장되는 것

너와 나는 둘이고

둘이라는 말 폭신하지 않니

구름 같고 용광로 같아서 쉽게 분열되고 녹아 흐르고

바다와 가까워 눈물과 웃음은 어떻게 같은가

시간은 노래를 어떻게 붙잡을까

지금부터 시작, 하고 달릴 때

흘러내리는 거대한 지구를 봐

젖은 음악 젖은 신발 젖은 페이퍼 젖은 용기 젖은

단자

이 세계가 이해돼?

너는 너의 꿈이 이해돼?

아무렇게나 놓인 전선

아무렇게나 동기화되는 라디오 음악 수신기

어둠을 갖고 놀자

비바람과 함께 놀자

폭풍우에 올라타 떠돌아 보자

우리 **영혼**이 연결되고 해체될 때

우리라는 낡은 단어는 기나긴 해체쇼 중

힘 빼기 시작

민과 현으로 나누어 볼까
연과 희로 나누어 둘을 붙여 볼까

우리는 참 많이 다른 친구이지만
조금씩 닮아 있는 이름을 떼어내도
신기하게 여전히 서로를 향해 부르는 것 같고

미술관을 관람하거나 버섯 수프를 고집하거나
강아지를 산책시키거나
고양이와 뛰어논다거나
각자 좋아하는 일에 온 힘을 다해 열의를 쏟는 모습

그런데 우리는 힘이 잔뜩 들어간 시인에 대해 알고 있어
짓눌려진 **영혼**의 눈금은 균형을 잃는 것일까

그건 잡다한 짐이 들어간 푸대 자루 같고
그건 진심을 잃어버린 과대광고 전단지 같고

힘을 빼는 일은

처음 힘을 가지려 하는 일보다
더 힘이 드는 것일까

그건 정말 미친 게 아니야

미친 여자의 목소리를 들었어
미치지 않는 여자의 목소릴 알았어
미쳐가는 서로를 서로가 붙들어 주는 내내
밤은 금세 새벽이 되어가네

단어를 고르고 쓰고 고치는 동안
힘을 뺀 우리는 바닥을 향해 가네

구겨버리자 주물러버리자 웃어버리자
더 용해되어 버리는 일이
아침 햇빛에 머리가 서로 달라붙는다

민이 연에게 속삭였어
현에게 희가 대답했어

시란 무서워? 시작이란 우스워!
시작이란 무서워? 시란 우스워!

무엇이 무엇으로 되어가는 걸 상관하지 않고

민연이는 현희의 좋음을 내버려두면서
현연이는 희민이의 장난스러움에 안도하면서
섞이고 쪼개지고 달라붙음으로써
사랑은 휘파람으로
증오는 보듬어줌으로
넘나든다

우리는 그렇게 시 쓰기 시작!

1부
연쇄

무한척추운동구간

어깨가 굽은 사람은
따개비처럼 몸에 달라붙은 상념에
점점 앞으로 수그러질 수밖에

그럼 영혼을 좀 펴봐
곧게 말이지

상담자가 툭 뱉은 말에
그만 주눅이 들었지만

영혼들에겐 큰 낙차가 있고

삐딱한 콧날, 기우뚱 걷는 걸음걸이, 구두 왼쪽 뒤축만 닳는 것
그게 다 직립을 거부하기 시작한 징조일 테고

나는 여자들의 영혼을 구할 거야

헛된 수고라니
쓸모없는 형체라니

그런 말이 어딨어?
투덜댈 거라면 그만 내 삶에서 꺼져줘

더는
일어섰다 앉았다를
죽었다 살아났다를
반복하지만 않을 테고

영혼은 원래부터 일자로 펴지지 않는 거야
중력과 합일점을 찾아다니다가
굽어가는 척추를
싫어하지 않는다

지구를 닮아가는 거라니까
잡종이 되어가는 거라니까

이게 바로 해답이었다

처음과 끝을 알 수 없는 구간에 사로잡혀서
나는 쥐며느리가 되어간다
이 형체가 미래일지도 몰라

파멸이 켜켜이 쌓여가는 동안에도
우리는 은총을 저버리지 않고서

일그러지는 서로의 영혼을 부둥켜안는다
미끄러진다
포개진다

법은 우리를 치욕의 날들 속에 데려다 놓지만
빠져나갈 수 있다
영혼이 깃든 우리
중력과는 반대의 길을 간다네

구불거리는 꼬리가 머리에 잔뜩 달린 채로
바닥을 기는 갑각류 몸체로

너희가 만든 아름답다는 전혀 모르는 관념

언니들 가방에 들어가신다

아름다움이 뭔지 모르면서
커다란 느티나무가 아름답다고 생각하며
그 아래서 언니들을 기다린다

내가 사랑하는 언니들은
조금씩 잔인하고 익살스럽지

가부장제를 뿌리 뽑는 언니
악덕 사장의 머리털을 뽑은 언니
남편 아닌 아내 아닌 애인 있는 언니

언니의 신발을 신고
언니들의 마이크를 쥐고
그 모든 언니들의 안경을 쓰고

바라보면 법전은 세상에서 가장 작은 책

글을 써도 응답 없음,
서신을 보내도 응답 없음,
초인종 눌러도 응답 없음,

이 모든 이들의 응답 없음을 모아

터트린 폭죽
우리 함께 놀러가 강릉에서 본 것들

병살타를 치고 앞으로 나아가는 야구선수를
골프채에 맞아 머리가 날아가는 사람을

본 것은 꿈꾼 것들

질질 흐르는 과즙
이게 자두의 영혼이라 말하지

저 멀리서 뒤라스의 영화 속 여자가
공원을 걷고 있다

집에서 살림을 하고 살림을 안 하고
집을 떠나고 떠나지 않고 공원을 배회하고
배회하지 않는 영혼들의 영혼

저녁이 되면 조금씩 미치는 여자들이 있대
신경과 과민의 문제

우리 서로의 집에 놀러가

너무 오래 만져 조금씩 부풀고 있는 반죽

마음이 허기져 죽을 데워 먹고
고소한 흰죽

어깨를 부딪치며 축구를 봤지
밀려드는 저녁
어디선가 둥당둥당 둔탁한 피아노 소리

서로를 돌보는 저녁이야

언니들 가방엔 없는 게 없고
각종 도구가 많고
변장도구 수건 가위 은밀하게 쥐기 좋은 것들

세월이 흐르고 나도 누군가의 언니가 되고

어깨동무

세월에 대해 생각했지
몸을 지탱하는 힘으로 가득한
그 하얗고 단단한 뼈가 어떻게 무너지는지

빗장뼈와 무릎 연골과 복숭아뼈를 만지면서
신에 대해 생각했지

건강한 우정이란 뭘까
어쩌면 신은 여름을 위해 날개 대신 어깨를 만들었을지도

친구가 내게 어깨동무하려 했을 때
신은 톡톡 몸을 두드려 어깨 사이에 빗장뼈를 만들었고
주물럭대다가 돌돌 뭉쳐 우정의 뼈를 얹었고

왼쪽과 오른쪽 사이에 입김을 불어 넣어 쇄골을 만든 신의 계략
몸을 이어붙이기 좋게 한 거라지만

친구는 아랑곳하지 않고 왼쪽 가슴을 잘라 내어 준다

푸르죽죽한 그것은 더는 이성적인 세계에 속하지 않고
인간이 만들어낸 제일 친밀한 광기

여름이 너무나 선명해서
시체 썩는 냄새가 자욱했지만
여기는 전쟁터에 가까웠지만

혼자인 나를 **무덤** 곁에 세워두고서
누구도 혼자이지 않음을 두 어깨로 증명해 냈지

그리고
그 밤 친구는
우주를 떠도는 행성을 만들었지
거기는 보이는 것보다 보이지 않는 것들로 가득하다고
잠자리에 들기 전 나를 깨닫게 하는 것이었지

무덤과 베개

잠자리에 들기 전
둥근 조명을 켤 때
우리가 서로의 둥근 어깨나 가슴에 대해 말할 때
혹은 침묵할 때

이불 뒤에서 키득대는 어깨는
울고 있는 어깨보다 슬픔에 내구도가 강하고
기지개하는 주먹질하는 포개어지는 어깨는
꿈에서 보다 활발하고

끌려가는 어깨에 관해서라면
조용한 입술이 아닌 어깨를 대신하는 사람들이 있고
그 모든 어깨가 모여 군집을 이루어
군사 독재를, 부패 정권을 타도하고
그 어깨들은 다시 흩어져

가정을 회사를 군집을 이루고 으스러지고
어떤 어깨는 누군가의 뺨을 후려치는 데 일조하고
어려움을 토로하는 자 앞에서

가장 어려운 자의 어깨는 조용하고 곤궁함은 잘
말해지지 않고
그럴 때에 어깨는 쉽게 주억거리지 않고

영원히 가져갈 질문을
영혼이 가져갈 질문으로 잘못 들으면서
내가 아는 너의 어깨는
자기가 아는 비밀을 발설하지 않고

슬프고 아름다운 것이 필요해서
우리는 친구를 만들고
친구의 어깨는 깨지기 직전의 컵과 같고

잔디 심는 방법

깨진 컵을 두고 오컬트 영화를 본다
비 내리는 밤

지금 몇 시야?
2월 22일 22시 44분

오늘의 의미심장한 상징 하나

무덤을 잘못 팠다가는 동티가 난다
꼭 금기를 어기는 자는 어디든 있어서
무덤을 파헤치는 동안에
나와서는 안 되는 것이 관에서 나온다

나와선 안 되는 것
잘못되어선 안 되는 것
영화를 보는 내내
흙으로 돌아간 아빠가 보인다

잔디를 심으러 가야 해

봉분이 흩어지고 무너지는 것은
잔디가 죄다 메말라 죽었기 때문이고
누군가 **규칙**을 지키지 않았기 때문이고
살아남은 가족에게 불운을 가져다주기 위함이고

엄마는 꿈에서 아빠를 본다
오래된 집터를 배회하는 혼령일 뿐인 것

시계가 멈춰 있다
지금 도대체 몇 시야?

11월 11일 11시 11분
언젠가의 의미심장한 불운의 상징 둘

잔디 심는 방법을 모르는 게 당연할 가족 모두가
땡볕에 벌겋게 얼굴이 익어가고

땀을 연신 쏟아내며
조그마한 가닥일 뿐인 풀을
봉분 위에 심는다

영화에서는 무당이 굿을 하고
주인공들은 피를 흘리고
도깨비불에 홀리지만

끝내 해야 할 일을 끝마친다

그러나
우리는 흘러내리기만 하는 잔디를
잘못되어서는 안 되는 것을
대강 쑤셔 박느라 여념이 없다

꿈에서 본 지옥

묫자리를 봐두는 것에 여념이 없는

묘지기와 함께 산에 올랐다
그는 기묘한 물건을 보여 주었다

안이 전혀 비쳐 보이지 않는 검정 구슬

여우 눈동자 아니 사람 눈동자 같군
바라보다 보면 빨려 들어갈 것 같다

조명과 문이 마음대로 켜지고 열리고
블루투스로 연결되는 사물들의 영혼
현대는 그 자체로 오컬트적이야

우리는 전자식 동물들

예전엔 손수 가로등을 켜는 사람이 있었다고
그는 말하고

불투명한 가로등 아래를 지나며 밤이 갔다

폐기된 책과 버려진 청바지 더미를 산책하며
아침이 왔고

폐가전제품 더미 매트리스 더미
거대한 더미마다 작은 지구라는 착각을 불러일으키고
이걸 산책이라 부를지 고민하면서

우리가 걷는 길을 따라
규칙적으로 점등되는 불빛을 바라보았다

꿈이 너무 달콤하면 현실이 지옥이라는 뜻이라는데

나는 어쩐지 하염없이 걷기만 하는
이 꿈이 마음에 들고 불행이 따뜻하여

꿈도 꿈의 바깥도
어느 별도 별의 바깥도 멀기만 하고

다정한 묘지기의 목소리로
단련된 나의 뭇자리로

묘는 어쩐지 너무 친숙하고
눕기에 알맞고
잠이 춥다

검은 푸들을 산책시키는 검은 옷을 입은 여자가
나의 그림자처럼
과거처럼
영속하는 현재나 미래처럼 나의 묘를 밟고 지나가고

때 이른 봄의 규칙

느닷없이 봄이 발을 밟고 지나가고
거기서부터 원망이 시작될 것만 같아서
네 손을 붙잡고
옛날에 저지른 도둑질에 대해
술술 꺼내놓는다
가방을 뒤집자 쏟아지는 훔친 동전에 대해
그때의 죄책감은 고스란히 남아
짤랑거리던 동전처럼 우르르 떨어진다
짤랑짤랑 짤랑
봄에는
네게서 훔친 마음을 처분해야 하니까
액땜하듯 그런 규칙을 지켜내려 한다
훔친 분홍 돼지는 너무나 탐스러웠고
너는 아름다우니까 좀 깨트려도 되지 않나
내 것이 아니니까 다행이지 않나
돼지 안에서 남은 동전이 짤랑인다
짤랑짤랑 눈부신 네 눈빛 같은 건 내버리고서
때 이른 봄소식에 먼저 꽃망울을 터트리려는
두근거림을 죽여가면서
네 시무룩한 표정을

네 회피하는 눈짓을
어찌해야 할 줄 몰라서
봄 앓이 한다
눈이 부어올랐던가 숨을 잘 못 쉬었던가
집으로 돌아가는 길에 나는
왜 더 슬펐던 것인가
호되게 앓고 나야 그다음 여름을 이겨낸다는 것
그게 봄의 규칙 중 하나
앞면은 착한 아이, 뒷면은 나쁜 아이
오늘의 운세를 정하며 동전을 던진다
그때처럼
동전을 버리며
너를 꽤 미워하고픈 마음을 키우며
손바닥 안이 동전 냄새로 가득 찰 때까지
꾹 쥔 미련으로
동네를 돌고 돌며
인형도 사고 껌도 사고 두부도 사고 친구도 사고 그랬으면 하는 마음으로 가득 차오르고 말아서
고백을 그만둘 수가 없다
동전을 집는다
앞면이 나오면 집에 가고 뒷면이 나오면 집에 가지 말자
몇 번을 던지는데도 앞면만 나오는 동전이
또르륵 굴러간다

우정의 규칙

핑그르르 굴러온 동전을 주워
분수대에 넣으며 소원을 빌었다

이건 모두 친구와 내가 훔쳐온 것들
가장 시시콜콜한 비밀을 수집하듯이

가장 좋은 소원의 질료가 되는 동그란 것들

핑구와 핑가
우리가 좋아하던 펭귄
패트와 매트
그들은 모두 둘이고

어깨동무를 하려면 둘 이상 필요하고

그렇다고 셋이라면 기묘하지
넷이라면 투명한 손은 누구의 것인가?

규칙을 흔들자

어깨가 뒤집혀 흔들린다
키득키득키득

우린 교과서나 공책을
빌리고 빌려주며 자라왔지

종이의 기원을 상상해 봐
종교와 전쟁이 종이를 만들었다면

그 종이를 찢어보자

모종의 규칙에 의해 만들어진
종이는 신발이
신발은 우산이 되고

계속 허물어지는 종이우산을 쓰고
경계를 넘나들 때 거리는 나의 살이고

길고양이가 내 가슴의 풀을 뜯고 간다
조상과 자손의 얼굴에 너 아닌 것 없고 너 닮은 것 뛰고

모든 종교는 사이비야
모든 사랑이 그러하듯

우리 여자들이 지은 글이 말이 되고 지은 밥은 살이 되고

벽이라 생각한 곳이 사실은 뻥 뚫린 공간이었고
인식의 차원을 넘어서면

여자에게는 제 자신이 종교가 된다

식탁의 경계를 이은 이음쇠가 툭 부러질 때
식사의 규칙을 형성하고 있던 식탁이 부러져 배가 데굴데굴 구르면

제사상에 오른 것들이 한꺼번에 뒤집어져 웃고

2부
파동

힐마 아프

미술관에 갈 것이다
너는 참 어리석어, 그런 충고를 듣고
갑작스레 심장이 내려앉을 때라면
힐마의 그림들을 보러 갈 것이다
그러나 그 그림은 한국에는 전시된 적이 없고
그녀는 여전히 미술계에 부정당하고 있고
아마 그녀의 그림을 영영 보지 못할 것이다
그렇담 친구를 보러 가야지
우린 슬퍼서 서로의 손을 붙잡고 저명한 게 다 무어냐?
누구의 역사이고 누구의 평가가 무슨 소용이냐!
한탄하며 술술술 노래를 부를 테고
그보다는 한참을 웃어 재낄 것이다
옆 테이블에 앉은 중년의 손님들이
여자가 여자가 따위의 훈계를 해도 무시하면 그만!
힐마의 그림 속에는
모호하고 둥근 영혼이 가득하고
둥글고 파란 지그재그로 노랗고 분홍색
눈에 보이지 않는 것들의 세상
버섯 기둥의 <인식의 나무>에 도달한다

"나는 아주 작고 하찮지만, 내가 앞으로 나아갈 수밖에 없도록 하는 거대한 힘이 내 안에 흐르고 있음을 느낀다."*

우리는

풍선처럼 부풀어가는 힘에 관해 이야기할 것이다

터트리지 않고 공중에 가득 띄울 것이다

힐마와의 우정을, 추상의 세계를, 진화를 눈여겨 볼 테고

더욱 자주 미술관을 찾아갈 것이다

밤늦도록 정릉 산책을 할 것이고

으슥한 골목에서 나누어 피우는 담배에도

짙어지는 어둠에도 더는 두렵지 않을 것이다

아마 멀고 험난하겠지만 85세에 다다르기까지

주름과 웃음과 눈물을 잘 빚어낼 것이다

아마 이런 가정형의 문장은 되려 모든 희망을 꺾어버릴지도

그러나 친구가 안경을 추켜올리며 말한다

우리는 결코

혼자인 적이 없지 않았나?

* 율리아 포스, 『힐마 아프 클린트 평전』, 풍월당, 337쪽

힐마 아프

예전에 살던 집 앞엔
오래된 도넛 가게가 있었고

도넛 냄새, 올리브 나무 사이로
조랑말을 꿈꾸던 시절

내 몸에서 올리브 색깔이 퍼져 나가
네게 묻는다면

빛이 시작되듯이 어떤 마음이 시작되고
시작되어서 뻗어 나가고

동심원을 그리며 퍼지는
조금 녹았다 언 아이스크림 같은 하늘

핏빛 노을이 생기고 길이 생기고 검은 수평선에
어둠이 몰리고

곳곳에 생겨나는 틈새, 유격
쏟아지는 문제들

쏟아지는 물줄기
그런 모양은 어떻게 시작되는 거였더라

생활의 어려움 모양
사람의 앙상함 모양

우주는 어디에서부터 시작되었을까?
우리의 외로움 모양

그림에서 살아 움직이는 것들의 모양

비정기적인 규격
비인칭적인 문제

유령 구름 바람…

그것은 정확히 어떤 것을 가리키지만 가리키지 않는다
그게 세상을 수수께끼로 만들지

힐마에게는 사랑하는 사람이 있었고*

서로를 힐끔힐끔 쳐다볼 때

막 말을 붙이기 직전
라이터가 풍선을 향해 타들어 가는 심정처럼

그런 마음은 어떻게 부풀고 터지는 거였더라
다 알면서 모르는 척 눈을 감고 붕 떠오르기 직전

나는 왼쪽에서 시작되었으므로 네 주위를 빙글빙글 돌고

안녕, 흔드는 손의 움직임같이
떠나가는 사람의 움직임같이

너를 통해 뻗어나가며
머리 위로 다채로운 색깔이 펼쳐지는 모양을 봐

사랑의 본질은 뒤섞임에 있지
색과 색이란 구분이 불가능한 희망 없음에 있고

* "너는 내 본질에 속해 있어. 너는 내 살에서 나온 살이고, 내 피에서 나온 피요, 내 영혼에서 나온 영혼이야."
율리아 포스, 『힐마 아프 클린트 평전』, 풍월당, 345쪽

고양이를 부탁해

한여름에 양말을 꺼내 신었어요
도톰하고 초록 이파리를 닮은 털양말

크리스마스가 오려면 한참이나 남았지만
발가락이 꿈틀꿈틀 먼저 계절을 뛰어넘었고요

어제는 배두나의 영화를 보았어요
예전에 개봉한 영화 속에서 과거의 나도 보았고요
닮았다는 이유만으로 사람을 좋아할 수 있던 시절이었고요

이 도시에서 저 도시로 무작정 걸어 다니게 하는 빛 같은 게
어떤 순간에 들이닥친다고 생각해요

부딪쳐야만 타오르는 성냥개비처럼
온몸을 태우고 나야만 직성이 풀리는 것처럼

이런 계절에는 열꽃이 피었다가 저런 계절에는 울화통이 치밀면서요

붙잡지 못하는 것들 뿐이라고 여기면서도
양말 속으로 죄다 욱여넣고 싶은 마음 하나로
뜨거운 별의 한가운데로 나아가고 있었어요

영화 속 주인공들은 그렇게 청춘 도감을 펼쳐내고

땀이 배어든 폴리에스터와 레이온의 섬유
한때 유행하던 지그재그 무늬와 색감
징글벨 징글벨 나지막이 부르며
나는 골목 입구로 들어섰어요

전나무 숲의 이끼 냄새
시큼한 나의 냄새
달큼하고 비릿한 여름 냄새
사람들이 널 좋아해도 떠날 수 있어*

내가 기억하는 건 거기까지
터틀넥 스웨터를 입고서
이 옷은 무언가 꺼끌꺼끌하며 잘못되었지만
이렇게 잊히지 않고 살아남았다는
거기까지

여전히 햇볕이 내리쬐는 가운데

머리부터 발끝까지 가시 옷을 뒤집어쓰고도
청춘을 지나가는 중이라 믿어보려고요

그러니 부탁해요
함께 외출하기에 오늘도 참 좋은 날이라는 것

* 영화 <고양이를 부탁해> 태희의 대사

고양이를 부탁해

시선에서 간단히 사라지는 게 나의 특기
꼬리로 먼지를 만들어내는 건 아주 쉬운 일

실타래 엉망으로 만들기
서랍에 숨어 일주일째 나오지 않기

그중에 내가 제일 좋아하는 일은
물건 하나하나 떨어트려 깜짝 놀라게 만들기

혜주에게 태희에게 비류와 온조에게
그다음으로 나에게 온 고양이 티티는
살금살금을 몸으로 형상화한 고양이

같이 살아본 건 강아지뿐인데
뭐가 나올지 모르는 가챠 기계처럼

이 폭신함이 좋아 이 갸르릉이 좋아 이 엉뚱한 존재의 펀치가 좋아

미래는 없다 미래는 희미하다 미래는 있다 미래

는 분명하다

"이제 어디로 가?" 티티가 묻고
"가면서 생각하지 뭐" 나는 답하고*

친구란 재정의해 주는 존재란 뜻이니까
너는 길에서 태어난 멋진 고양이니까

거리에서 집으로 집에서 밖으로 밖에서 안으로

끊임없이 탈주하는 우리들
이곳을 빠져나가자

미래가 선명하다는 게 때로는 더 무섭지

왜 죽지 않았니?
존재로서 응답하기 위해서
스스로 빛을 내어 보호하면서

너의 미래가 무엇이냐, 물으신다면

그다음은 연희에게
고고히 사라지는 티티는 일광욕을 좋아하는 고양이

* 영화 <고양이를 부탁해> 지영과 태희의 마지막 대사

우아한 유령*

*

당신은 죽은 아버지를 추모하기 위해 무엇을 하지요?
가끔 바이올린 연주를 듣는 동안
몰려든 유령들이 춤추는 걸 볼 수 있다
거기 아는 얼굴이 보이는지

아름다워
그건 거짓말이지

죽은 아버지를 보고 싶지 않은 나로선
불편한 마음에 거짓 소문을 퍼트리고 싶었지

나오지 말아야 할 것이 나와
가문이 멸할 것이라고
폭삭 망해버리기 딱 좋은 심보로
당김음에 귀를 기울이지 않으려 했지만

우아함은 구부러진 손가락과 맞물려
활을 켜는 연주자에게서

그걸 듣는 나와 너에게서

흘러간다
점프한다

*

아버지가침대에서떨어져죽었습니다
우리집에는죽어가는늙은고양이가있습니다
불타죽은할아버지의이야기도사실이었습니다
솔직히나의내력에는우아한구석이라고는하나도
없습니다
모든구질구질한그렇고그런이력을뭐라고내놓겠
습니까
그런데도과거를곱씹게되는군요
이암울한선율이다뭡니까
수컷들은참이상합디다
오로지죽음앞에서만
우리모두의가난함을알아채게하지요
돌보는자가자기를돌아봅니다
울고있습니다
손가락이
입술이
눈이
흐

려
집
니
다

*

너는 나의 머리를 쓰다듬는다
수백 개의 현이 울려 퍼진다
너의 다정이
재생되는 시간

네모난 창에는 13℃ 맑음
습도 9% 남서풍 2.3 ㎧
기록돼 있고

잠시 이 모든 불안을 내려놓아도 되겠습니까

네가 고개를 끄덕여준다

* 현대 음악가 윌리엄 볼콤이 아버지를 추모하기 위해 만든 곡. 양인모 버전의 바이올린 연주를 듣고 있으면 한없이 빠져든다. 추모하는 것보다는 그저 떠나지 못한 유령과 함께 춤추는 기분이 든다.

우아한 유령*

혼종으로 태어났어요
반쯤 유령 반쯤 사람

의사들의 파업
근처에서 발견된 시체 몇 구
오리무중인 살인사건
떠도는 이야기 모녀의 수다 훔쳐 들으며

거의 날았다고 하기에 가깝게
바람의 도움닫기를 느끼고

걷는 당신의 입술이 슬쩍 서늘할 때
유령을 만났다는 증거

오래된 주택 오래된 고양이
물 먹고 잠든 곰팡이 좋아해요

꼬마 유령을 만난다면
나는 널 제일 사랑해, 네 몸짓을 따라하고
너처럼 말을 하고

네 걸음걸이를 따라하며 걸을 때
너와 가장 가까워, 그럴싸하지

지금이야

이쪽으로 혹은 저쪽으로
이미 떠난 사람들 곧 떠날 사람들
플랫폼에서 손 흔들겠지만
대개 손을 붙잡고, 문지방을 넘다가
홀로 식사하다가
곧 그 순간은 다가오지만

물에서처럼
저 먼 심해를 향해 안녕 안녕 손 흔들듯이
수영하듯이
춤을 추듯이
턴을 하듯이
세상에 처음 온 날을 기리듯이
죽기란 어려워

언제나라는 말은 언제나 좋아요
언제나 슬프다, 라는 말은 언제나 슬프고

언제나 어디까지나 네 편일 거라고
대개 떠나는 귀엔 속삭여주고

분노로 죽어서도 떠도는 유령이 있는가 하면
제가 가진 것을 인간에게 하나하나 벗어주는 유령이 있고

그 유령은 어떤 돌이 굴러 와도 가만히 있다, 바보같이 맞는다, 유령과 나는 조용히 웃고

이것이 우리가 함께 살아가는 하나의 방식

유령들과 춤추기 좋아하고 나는 지금
어느 서툰 연주자의 바이올린에 깃들어 있어요

18세기 프랑스 궁정예술가의 손을 거쳐
비 맞아 부서지고 곰팡이 슨 채
19세기 바로크 음악의 대가… 옆 하인 아들의 손을 거쳐

피치카토로 튕기는
반쯤 소리 나고 반쯤 소리 안 나는 현 안에

지금 당신이 눈 감고 듣는 음악 안에

* 18세기 유령 연구가들에 의하면 유령에는 다양한 종류가 있다. 기쁜 유령, 외로운 유령, 사람을 곤경에 빠트리는 유령, 살벌한 취미를 가진 유령, 성령의 힘에 심취한 유령… 그중에서도 우아한 유령은 홀로 있는 시간과 존엄성을 중시하며, 대개 자신이 원하는 방식으로 조용히 죽음을 맞이한 이들의 영혼으로 알려져 있다.

순정만화*

침묵을 견딜 수가 없어 반쯤 녹은 사탕을 뱉는다 손에 쥔 미련이 질척하게 달라붙는다 여긴 어디쯤일까 우리는 객차와 객차 사이 통로에 앉아 더위를 식힌다 6호 칸에서 들리는 갓난아기의 울음소리, 기차는 터널을 지나는 동안 우리를 더 침묵에 가둔다 어둠을 핑계 삼아 네게 말을 걸까? 우리 게임을 할까? 울음이 그치기를 제발 터널이 끝나기를 기다린다 기다리는 건 제일 잘 해낼 수 있으니 그냥 있자, 네 눈동자 속에서 내가 보인다 그 안에 또 네가 들어가 있다 그러니까 우리는 괄호 속 안에 든 물음표들 같아 끊임없이 묻지만 답할 순 없는, 그런 터널 안에 또 다른 터널이 계속해서 등장한다 우리는 헤어 나오지 못한다 먼지들이 서서히 진눈깨비로 둔갑하고 은 담비로 둔갑한다 마치 순정만화의 주인공들처럼 우리는 한 프레임에 담긴다 은빛 털이 내 무릎에 와닿는다 네 긴 머리칼처럼 까슬까슬하고, 네 레이스 치맛자락 같고, 사탕이 손안에서 녹아가고, 왜 창문은 점점 하얗게 질려가는 걸까 왜 나도 모르게 담비의 목을 꽉 조르는 걸까 땀과 단물 범벅으로 엉킨 털이 잡힌다 담비는 어떤 소리도 내지 않는다 내게서 흐느

낌이 새어 나온다 숨기고 싶은 마음이 새어 나온다
과거가 새어 나온다 터널을 벗어나자 담비는 없고
네가 아무렇지 않게 5호 칸에 들어간다 손에 남은 건
몇 개의 머리카락과 엉킨 사탕뿐, 이걸 입에 넣어봐!
기다리는 건 사실 내가 제일 잘하는 일이다 이번엔
네 목을 끝까지 놓지 않을 테니까, 봐봐 다음 장면은
공백뿐이다, 기차가 터널로 다시 들어가면 사랑은

* 순정만화 『호텔 아프리카』에게

순정만화*

넓은 길을 두고 괜히 벽에 딱 붙어 걷는 습관
만화책은 가운데부터 펼치길 좋아해요

내가 좋아하는 순정만화에는 백마 탄 왕자님 등장하지 않고
창백하고 가냘픈 주인공도 없고
그러므로 낭만도 없고 순정도 없고

내가 좋아하는 순정만화에는
빽빽한 고독이 가득하고 계속 혼자가 되는
주인공이 등장하고

주인공이 사랑에 빠지는 장면에
엉뚱한 낙서로 이별의 대사 넣기 좋아하고요

만화책의 외부와 내부에 동시에
살인사건 벌어지고
공포영화에 취미 없어도
현실이 영화보다 무시무시하고 살벌하고
자주 지리멸렬하고

가끔 숲을 탐색하러 다니고
무릎이 멀쩡한 데 없이 엉성한

그런 주인공이어도 좋으니까요

가끔 그 숲에 나비 날고
가끔 웃음을 채집하러 다니고
가끔 빽빽한 빌딩을 걷고
가끔 혼자가 더 좋은 그런 주인공에게

왈가닥 친구 있고

사거리에 불어오는 숄
죽은 아기를 덮었던
고급 백화점에 장식되어 있던
거리에서 잠자는 사람 휘감았던
그런 숄;

어깨에 안착할 때
주인공은 그 숄의 역사를 상상하기 좋아하고
그런 주인공에게

가끔만 등장해도 좋은 친구가 있으니까요
본편보다 번외편이 때론 더 재밌으니까요

* 순정만화 『나나』, 『오디션』에게

이상한 나라의 앨리스
- 담요와 수수께끼와 딩고

입이 달린 것처럼 담요에 구멍이 생겼어

재버워키*의 시일지도 몰라
그 유명한 넌센스의 시 말이야

구멍을 들여다보면 미세한 생물들이 바글거린다
검은 머리 메리가 흰 얼굴 몰리에게
순진한 몰리는 늘 울상인 메리에게

아침에도 죽고 점심에도 죽고 저녁에는 살아나는 게 뭐게?

수수께끼를 묻고 답한다
우리를 덮고 있는 담요가 왜 점점 무거워지는지 알아?

울면 안 돼 울면 안 돼
그 답이 우리라고 말하지 말자
구멍에 손을 넣고 머리를 넣고 다른 정답을 찾아

본다

행복이라고 크게 말했는데
불행이 부메랑처럼 돌아와
사랑이라고 속삭였는데
오줌만 마려워 죽겠어

딩고 오 딩고 봅시 아싸해 도라이 망가인 우리 사포롱

어서 수수께끼를 먹어야 해
우리에겐 말장난이 필요해

오줌을 누는 동안 담요는 젖어 든다
부풀어 오른다
재버워키의 시는 이상하고 제멋대로인 주름들
딩벳과 실밥과 보풀 속에 숨은 시를 읽는다

구멍을 당겨 힘을 주니 모든 걸 빨아들이기 시작해
폭력에 길들인 세상이 다 빨려 들어갔으면 좋겠어
어둠 속에서 겨우 웅크려 잠드는 아이들이 없어지면 좋겠어

메리는 몰리를 애타게 불러봤지만

메리는 메리가 아니고 몰리는 더욱 몰리가 아닌 이런 미친 세상이 딩고 딩고랑가 오랑가 봅시 아싸해

도라이 망가 망가인 우리둘이 사포 사포롱 싸사이 사포롱 사포롱

너무 많은 걸까?

우리조차 잘 덮어주지 못하는 이 담요 크기의 작은 욕심이

사탕 부스러기를 주워 목구멍으로 넘기는 이 배고픈 욕망이

메리의 머리통부터 부수어놓는다

사랑받고 싶은 아이의 검은 머리가 불꽃축제 같아

펑펑 빛이 터지면 유난히 유황 냄새가 나는 곳이 있어

웜홀은 그렇게 생겨난다

그리고 수수께끼 하나 더

괴상하게 생긴 생물이 사는 나라에는 딩고라는 벌레가 가득하다. 촉수만으로 모든 감각을 느끼는 딩고는 재버워크의 먹이다. 재버워크가 일주일에 한 번 배설하면 딩고는 거기에서 다시 자라나 나라를 지탱시킨다고 한다. 딩고는 이 나라의 가장 큰 신이기에 딩

고를 부르면 행복이 쏟아진다고 하는 미신이 전해진다. 그것을 믿는 어떤 마을에서는 딩고를 부르며 식사를 하는 습관이 아직 남아 있다. 또한 재버워크의 모습은 다양한데 간혹 인간에 의해 흉측한 괴물로 그려지기도 했다. 그러나 재버워크의 존재는 쌀알 크기의 벌레일 경우도 있으며, 인간이 느끼지 못할 만큼 거대할 때가 더 많다. 그렇기에 대개 재버워크를 목격한 인간은 없다. 딩고를 목격한 아이들은 종종 있는데, 그때 담요에 구멍을 뚫어 놓는 게 인간 세상의 좀 벌레가 아니라 재버워크라는 설이 있다. 보통 그 구멍으로 재버워크는 아이의 꿈을 앗아간다. 그러나 대부분은 아이에게 수수께끼를 내어 아이가 간절히 원하는 세상으로 데려간다고 전해진다.

딩고와 무수한 착한 영혼들에게 사포롱 사포오롱

* 루이스 캐럴의 『거울 나라의 앨리스』에 나오는 넌센스 시. 재버워크 괴물을 무찌르는 내용을 담고 있다.

이상한 나라의 앨리스
- 앨리스의 굴을 따라서

덮어둔 페이지에서 시작된
이야기는 조용히 펼쳐진다;
그러니 친구, 발밑을 조심하게

회사 뒤로 이어지는 조그만 수풀
앨리스가 지나간 작은 굴 같아

저어녁에 먹는 수우우프!
아름다운, 아름다운 수프!*

교정지가 날아가는 것도 모르고
이상하고 아름다운 노래가 들려오네

종이로 만든 가짜 거북이가 줄지어 가네
이건 모두 내가 보던 페이지 속에 있었어

가짜 거북이 허공에 노랫소리만 남기고
고양이는 수염 모양 웃음만 남기고

버섯 수프로 만든 구름에서 진득한 빗물이 쏟아진다

발이 풍덩풍덩 빠지지
코가 깨져도 정말 이상할 게 없겠어

멀리 뻗은 숲속으로 어둠의 경계가 사라지네
모자와 안경이 무럭무럭 날아가네

"헤이, 거기 모험가 친구
다섯이 하나야, 친구란 그런 것이야"
거북이와 토끼가 줄지어 다가와 팔짱을 끼네

"절대로 여길 빠져 나갈 수 없을걸!"
으스대고 심술궂고 여긴 정말 이상해

글씨를 쓸 땐 오른쪽에서 왼쪽으로,
걸을 땐 거꾸로 걷기
작은 것들이 큰 것들을 잡아먹는다

온통 이해 못 할 규칙뿐이야
강물 위로 음표들이 느리게 흘러가네

나무에서 우수수 앨리스의 모자가

땅에서 앨리스의 구두와 머리핀이 하나씩 발견된다

그래서 앨리스는 어디로 갔지?
아무도 가르쳐 주지 않고
지금이 몇 시인지도 모르겠군

당신도 발밑을 조심해
쑤우욱 빠져 들어간다

비가 오면서 해가 나는 날씨
눈물과 콧노래가 동시에 나오는 기분
나로부터 멀어지기에 정말 좋은 날이야

취한 사람은 달그락거리지
깨지기 쉬운 접시처럼 수풀들은 웃지

수프는 접시를 다 비워도 또 한 접시가 나오네

나뭇가지들이 키득키득 노래 부를 때마다
공중에서 넘실거리는 음표들

저 멀리서 붉은 여왕이 소리치네
쫓아내라!

나도 꿈에서 깨고 싶은데
가짜와 진짜가 헷갈리기 시작했어

앨리스의 이상한 나라로 초대된 여러분
나의 가장 작으면서도 가장 큰 친구

이건 잠깐 꾸는 꿈이야
그런데 꿈이 아니다

* 루이스 캐럴의 『이상한 나라의 앨리스』에서 거북이들이 줄지어 가며 부르는 노래 가사.

3부
융합

질서정연하게 소복소복 쌓이는 것에 대한

북극에는 세계기록보관소가 있다
북극에 눈 내리면

나치의 기록 위로
오래된 민담과 설화 위로
잊은 지 오래인 도서관의 고서 위로

먼지와 농담 쌓이고
실없는 이야기
북극고래의 긴 수염 이야기 쌓이고

문을 잠그면 그 안에

자본론과 시집 섞이고
우당탕탕 부르는 독창적인 노래와
가장 뾰족하고 외로운 마음
첨탑에서 위태롭게 흔들리는 깃발 흔들리고

그 안에

카리브해 노예와 그 후손에 관한 기록유산과

그 유산을 물려받은 아이들 죽고

북극에는 세계기록보관소가 있고
북극에 소복소복 내리던 눈 그치고

.

....

...

....

......

...

.

북극에는 세계기록보관소가 있다
2872년 쉬빌바르가 그것을 발견했다

북극의 기온이 폭발적으로 치솟았을 때

세상에 홀로 살아남아
북극을 걷는 쉬빌바르의 가슴에 비 내리기 시작할 때

기록보관소에서 쏟아져 내리는 마음과
적히지 않은 영혼과

주차장 한가운데 있으면 안전한 기분이 들고
봄날엔 왜 죽고 싶은 기분이 드는지

알 수 없는 마음에 대한

유실된 기록 조각들 있고

쉬빌바르 중얼거린다

에디 창밖이 밝아온다 내가 우리를 발명하는 동안
생각 기계가 움직인다

시체보관소
이것은 낭독용으로도 쓰였을 것으로 추정된다

시집
썩어 사라짐으로써 완성되는 것

세계의 종자
계획되지 않은 우연의 산물

세계의 결말
누군가 혹한기에 봉투를 열어두었다

에디 너 없이 홀로
나는 생각하는 기계와 함께 지구에 남겨져

이곳의 쓸쓸, 을 담당하고 있다
기원을 따질 수 없이 먼 기록들과 함께

배터리가 방전되어 가는 생각 기계가
지구에 살았던 이들의 혼합된 생각을 반복한다
그들의 이름을 반복해 부른다

오늘은 깊고 높은 나의 우울을 들여다본다

쉬빌바르가 말하고
쉬빌바르의 말이 기록되고
쉬빌바르의 말만 살아남아

기록보관소 안으로 소복소복 쌓이고

보관소의 관리인인 네가 먼 훗날 문 열었을 때 마주한 첫 장면

북쪽 쥐

북극에는 세계기록보관소가 있다.
미래에서 보낸 쪽지를 모아두기 위함.

쪽지를 펼치면 무수히 접히고 접힌 자국.
거기엔 아무도 관심 두지 않은 이들의 이야기.
아침은 길이 되고 저녁은 동굴이 되는 이야기.

너는 북쪽까지 따라가야 해. 오로라의 나라 최북단 빙하에 대해 들었으니까. 세계의 끝에서 펼쳐지는 잔혹한 동화에 대해 알게 되었으니까. 마지막엔 꼭 이 이야기 결말을 바꿀 수 있기를 바라. 스스로 멸종한 종족의 최후를. 차가운 가장자리란 뜻인 스발바르 제도에 당도하면 곧 하게 될 그 일을.

너는 이 최종 목표를 기록해 둔다.
미래에 대해 생각하지 않기로 합니다.
인간의 열등함에 대해 잊기로 합니다.

백야가 시작되면 돌이킬 수 없는 그날까지 카운트 다운 돌입, 백, 구십구, 구십팔…….

얼음이 다 녹고 나면 모기가 창궐할 것입니다.

섬 주민들은 새로운 전염병에 걸립니다.

레밍 쥐가 차례차례 빠졌고, 놀이하는 아이들이 죽은 쥐를 뒤따랐고, 어른들도 곧바로 빠져든 바다엔 인류 문명이 끝이 났다는. 불분명하고 모호한 이야기를.

너는 그렇게 매일매일 베껴 쓰겠지.

텅 빈 쪽지를 접고 펼치고 접고.

네게만 보이는 투명한 목소리를 받아 적겠지.

어린 쥐가 얼어 죽지 않기 위해 발버둥 치는 모습을. 살아야 할 이유를 모르면서 본능적으로 헤엄쳐 가는 동작을. 쓰고 또 읽는다. 언젠가 분명 겪어본 것만 같아서 멈출 수가 없지. 소용돌이치는 바다에는 수많은 영혼이 얼어붙어 있대. 그걸 가치 없는 것이라 여기던 인간들이 있었어. 그럼 가치 없는 건 무엇인가. 영구히 보존할 수 있는 건 무엇인가.

〈북극에는 세계기록보관소가 있다〉

섬의 입구에 놓인 팻말 앞에 선다.

이 모든 이야기가 기록되어 있는. 아무도 읽을 수 없는 이야기를 자꾸 과거로 보내고 있는. 인간이 지켜야 할 임무를 받은 너는. 인간 아닌 쥐를 만나러.

아직은 열심히 읽고 쓰는 평범한 이들에게 전하러.

네게 두 개의 발이 더 생긴다.

미래라는 건 온통 찍찍대는 소리로만 남았을지 모르지.

권력을 쥔 자들의 기록을 뭉개놓은 후 말이지.

언어 이전의 세계

지금 내 손엔 에콰도르산 바나나
씨 없는 포도

또 어떤 게 올까 기록하는 손 위에

농구공 튀기는 소리는
텅스텐의 느낌을 닮은 세계

선거철 정치인의 목소리는
비밀이 많은 수수께끼의 문

총살 없는 호주머니의 세계

오늘 너와 내가 딛고 있는 땅은
어느 노동자의 죽음에 사소하다
고 답하는 세계

화두(話頭)란 말보다 앞선 것

언어 이전의 세계가 있다는데

불교에선 그곳에 도달하는 게 깨달음의 경지라는데

언어 이전의 세계
이성과 감정이 없는 텅 빈 세계를 상상해

뜰 앞의 잣나무*
불교에선 그런 말에 진리가 담겨 있다는데

교정학 원고를 교정보는 오후에

교도소와 수감자와 백 년 된 팽나무와
말린 감 같은 것 상상해

비논리 속의 진리
그건 시의 느낌과 닮았지

어디야? 하고 물으면
웃음소리로 대답할게

사랑은 가장 오래되고 깊은 우정의 한 형태

어둡다, 어둡다, 어둡다
어두운 곳에 불 밝히는 목소리

타오르는 목소리

텅 빈 공간에 울려 퍼지는
어린 연인의 웃음소리 가장 좋아해

거기서 출발한 비구름이
여기서 쏟아져 내리기 시작하네

* 선불교에서 내려오는 화두의 예로 가장 대표적인 것은 "뜰 앞의 잣나무"와 같이 일상적 사물을 그대로 가리키는 것, 그리고 "남산에 비구름이 있는데 북산에 비가 온다"와 같은 비논리적인 문장을 구사하는 것이 있다.

령(靈)

한 집에는 오밀조밀 구성원이 있고
네모난 사람과 세모난 동물과 동그란 죽음

물을 마시렴
그 병(病)에는 물이 최고란다
정사각형 속에는 삼각형이
삼각형 속에는 구원이
그리고 그 속에는 생명수

아제아제 바라아제 바라승아제 모지 사바하

동물이 물을 벌컥벌컥 마신다
큰 소리를 내며 마시는 것에 열중하면서
물은 고요를 깨트리고
불안은 식탁을 뒤흔들고
염원은 죽음을 막아선다

집에 머물던 동물 하나는
저쪽으로 건넌 지 이미 좀 되었고
아직 머무는 동물 하나를 지키려는 사람은

동물이 물 먹는 소리에 오롯이 집중하면서

반야바라밀다는 가장 신비하고 밝은 주문이며,
위없는 주문이며,
무엇과도 견줄 수 없는 주문이니,

돌아보면 물그릇 앞엔 죽음만이 웅크려 있다

결국 주사기 안에 담긴 물과 젖은 사료와
길쭉하고 둥근 알약과 뾰족하고 거친 원망과 퉁퉁 불어버린 체념을
아니 그보다는 어떻게든 1년만 더 살아달라는 애원을

이걸 먹으렴
너무 많이 담겨 줄줄 새는 주문을
꾹 다문 입을 벌려 넣는다

동물이 사람처럼, 사람이 동물처럼, 죽음이 애초에 없던 것처럼
꾹꾹 넣으면 입 밖으로 넘쳐나 버려지고 흘러버리고 뭉개진

그런 식탁 앞에 사람이 앉아 밥과 국을 본다
밥이 아니라 흰 털 뭉치, 국이 아니라 게워 낸 토사물

그게 아니라 고등어와 닭가슴살로 만든 동물의 최애 간식
그게 아니라 언제나 꿈꾸는 가족의 구성원
사람과 동물과 풍요와 건강과 행복

사람은 국물을 떠먹는다
사람도 동물이라서 흘리고 버려지고
겨우 죄책감을 꿀꺽 삼키고 나면

물보다 맛있는 걸 처음 먹어 보네
동물이 이렇게 답하는 것만 같아
밥 알갱이를 꼭꼭 씹어 먹다가
아무 말 없이 사라지는 것의 냄새를 떠올리고

둘보다는 셋이 더 좋은 거지
셋보다는 차라리 하나가 더 좋은 걸지도 몰라

죽음이 구성원을 줄이기 위해 오늘 밤 식탁을 차지한다

사람은 주사기를 개수대에 놓고서
잘 알지도 못하는 기도를 중얼거린다
식탁에는 갓 만든 두부조림이 식어가는 내내

온갖 괴로움을 없애고 진실하여 허망하지 않음을 알지니라
*이제 반야바라밀다주를 말하리라**
령의 명복을 비나이다 명복을 비나이다

* 이탤릭체는 『반야심경』 대한불교조계종협회 한글 반야심경에서 가져옴

접시의 모든 것

다들 할 말이 많아 순서를 정해야 해
여자 셋이 모이면 접시가 깨진다

접시가 깨지면 새로운 접시를 사지

네게는 예쁜 접시를 사 모으는 취미가 있고
여행지에서 사온 접시들이 주인의 오롯한 취향을 담고

새하얀 집 새하얀 식탁 새하얀 접시들

접시에 대한 사랑을 멈출 수 없다면
안락한 집에 관한 욕망을 멈출 수 없다는 뜻

여자 셋이 택시를 타고 집으로 간다
서울에서 용인까지

여자들의 웃음소리가
수군거리는 비명소리가
골목길에서 앗, 사라지는

쉿, 조용히 해, 입을 틀어막는
소리 아닌 소리가

접시를 깨먹고 접시를 해먹고
웨딩홀 아르바이트를 하고 집에 가던 날
어깨 위에 수많은 접시들 깨트린 날

접시와 접시로 된 꿈과 조각조각 떨어지는 예리한 날과

접시가 있다 접시가 사라진다 접시는 수상해 접시를 훔쳤어 깨진 접시를 접어 가방에 넣는다 접시는 가엾고 접시는 오롯해 접시를 닦고 접시를 나르고 접시가 나를 먹고

우리에겐 접시에 대한 많은 이야기가 있고
아직도 깨트려도 좋을 많은 접시가 남아 있고

접시부터 접신까지
귀신 들리고 걸신 들린 이야기까지

아, 아직도 접시 깨지는 소리가 들린다*

* 「담배를 피우는 시체」(김혜순, 『또 다른 별에서』, 문학과지성사)

사금파리 줍기

우리 접시를 깨트리자
그래, 좋아

아무렇지 않은 듯 그녀가 대답해 주는 게 좋아서

우리 밥 먹자, 우리 독립서점엘 가자, 우리 막걸리나 마시자, 우리 멋진 여자들 하자, 저곳까지 함께 걷자

그래, 좋아! 그래, 좋아!

그녀는 부정적인 기운을 다 소멸시킬 것처럼
꼬불꼬불한 머리카락을 연신 매만지며 고개를 끄덕이더니

희고 둥근 커다란 접시를 가방에서 꺼내
힘차게 던져버렸습니다

침을 뱉는 행위가 체내 수분을 주는 귀한 일인만큼

그건 당신을 존대한다는 의미
우린 그런 세상을 알지요

그렇담 이 세상에선 접시를 깨트리는 게 의례라는 것도요?
나의 네모난 초록빛 접시를 내던질 차례란 것도요?

오탈자인 'ㅎ'을 희망의 자리에 찾아 놓아주듯
사금파리가 우리 발치에 놓였습니다

어제 죽은 존재들의 여념과 곧 들이닥칠 종말의 기운들이
그럼에도 태어나려는 존재의 반짝임과 섞여 있습니다

전생에 우리는 이렇게 죽었다 깨어났어
이렇게 깨트리고 박살이 나야만 했어

나는 연신 코를 훌쩍이면서
사금파리 중 어떤 무늬를 읽어냅니다

아, 아직도 접시 깨지는 소리가 들린다*

낮에는 와르르 무너지는 법정
밤에는 와장창 박살나는 가정
아우성이 일어나는 시간

그녀는 눈을 감았다 뜨고요
나는 지그시 입술을 깨물었고요

우리 다시 접시를 깨트리자
그래, 좋아 좋아

이로써 우리는 일대 변혁이 될 사금파리 조직을 만들었습니다. 각웅인 그녀는 각웅파라고 명명했고요. 덕오인 나와 금팔과 봉배를 조직원으로 필두로 더 많은 접시 깨트리는 일원을 만드는 일에 착수하였습니다. 거기에 목숨을 살릴 희망이 반짝이는 것을, 당신은 알 테지요? 자, 더럽든 예쁘든 상관없이 접시 하나를 선택하였나요? 그럼 세상에서 제일 요란하게 어디 한번 깨트려봅시다. 자, 살아야 할 마땅한 영혼이 방금 깨어났습니까?

* 「담배를 피우는 시체」(김혜순, 『또 다른 별에서』, 문학과지성사)

사물의 입장

재킷 39,000원, 운동가이자 선언가였던 이의 것
빈티지 청바지 25,000원, 은퇴한 사건반장의 것

이 모든 것은 다른 사람의 세월에서 온 것

동대문엔 외국인 관광객이 많고
흥인지문엔 성곽 길을 걷는 사람도 많고

매일 영화를 보니 모든 장면이 영화 같다

여기가 처음이자 마지막 해외여행이라면 어떨까
이 골목에 대해 조금 다른 꿈을 꾸어도 좋을 거야

동묘 앞을 지나다가

길을 잘못 들었을 뿐인데
저 마네킹이 내게 뭐라고 말을 거는 것 같아

이 세상의 것이 아닌 말을 중얼거리네

영원의 건축이라는 책에서 시간을 초월한 건축법에 대한 이야기를 다루고 있는데

나는 그 무엇도 초월할 수도 없는데
이 몸은 세월을 추월할 수도 없는데

물질적으로 육체적으로
하나같이 아름다운 소년소녀들

길거리에 서 있다
우리를 하나로 합친 표준체형들

만 원짜리 난방과
그럴싸한 모양으로 깨진 전등 갓 사이에서
추방을 모르는 익살스러운 몸짓으로

다양한 포즈의 마네킹이 오늘의 가장 획기적인 아이템을 걸치고 있다

누구보다 좋은 시계를 차고 목도리를 두르고
모자를 쓰고 누구보다 휘황찬란한 옷을 입고

저곳에서 바라보는 시선이 나를 관통해 다시 바라볼 때

저 사람이 뭐라고 내게 말을 거는 것 같아

마네킹의 시선으로 세상을 볼 때
모든 사람은 사물의 것이 아닌 말을 중얼거리네

너의 수많은 개 사진 속에서

산책을 좋아하는 버지니아를 발견했다
늑대 같고 출항하는 범선 같은

길을 걷다가 마주치는 풍경들 목록
그 자체가 시 같고 철학 같은

너의 그 많은 개 사진 속에서
리베카나 실비아 혹은 요코 같은 이미지를 떠올린 건
걷기의 여왕은 때를 가리지 않는다는 것

혁명은 발가락과 무릎의 힘에서 오는 것

네가 건넨 뜻밖의 사진 한 장
성당 안 베네딕토 성인의 아우라처럼

이런 우연과 필연이 겹쳐진 삶의 은유 앞에
하염없이 경건해지는 것

명상가였다가 페미니스트였다가 시인이었다가

누굴 돌보고 출근을 하고
또는 길거리에서 마주치는 동물 사체에 울고 마는

너와 나

나는 신을 믿지 않지만
죽음을 생각하는 자를 믿고
시를 쓰는 자라면 더욱 사랑함으로

찬찬히 사진 속을 걸어보았다
길을 걷다 쭈그려 앉으면
지나간 비둘기의 흔적

아니 그것은 성 베네딕토의 사탄을 물리친 흔적
유혹에서 벗어나게 해줄 정신력의 글귀

아니 그런 것은 전혀 필요하지 않고
이 도시에서는 이성은 너무 어울리지 않고

행진하는 이들을 떠올려
감정의 폭발을 이끌어
축제 같은 한 시절을 만들어냈다

길의 한복판으로 나아가는 힘

그것은 이 작은 사진에서조차 멈추지 않고
번지듯 내게 달라붙는다

도시에는 성당이 있고 그 앞 화단은 불타가고 편의점이 털리고 취객의 소음이 있고 산발적 집회 속을 외국인 관광객은 무심히 지나가는데

밤이 깊어지도록 연인 한 쌍이 계단 아래서
꼼짝하지 않고 붙어서 무얼 하고 있는지

불행의 냄새를 잘 맡는 자는 한 번에 알아채는 것이다

저기, 비극이 희극 뒤로 때마침 펼쳐지는 순간임

4부

밤의 리듬, 봄의 리듬

04.01. Pm 07:07

사랑했다 하지 않았다 했다 안했다 사이를 반복하며 걷는다

04.02. Am 10:25

내일이 없는 것처럼 여러 명의 연인이
디스코팡팡 위에서 흔들린다

가방에 달린 모루인형 하나가 이 모든 걸 바라본다

04.03. Am 08:42

지리멸렬한 삶이로구나

봄비에 젖어드는 저기 목련 나무
연인은 그 나무 아래서 이별을 곧 실행할 테지
그러니 마음껏 흔들린다

04.03. Pm 05:28

흔들리면 흔들리는 대로 꺾이면 꺾이는 대로
신비롭고 아름다운 모루의 세계

밤하늘 반짝이고 탱고 흐르고

04.03. Pm 10:34

깜빡깜빡 반짝이는 밤의 리듬, 봄의 리듬, 별의 리듬,

심장과 발바닥에 와닿는 꽃잎의 리듬

죽음에 가까운 리듬

낯선 언어가 들려온다

그것은 멀리 은하계 밖에서 보내는 신호

04.04. Pm 06:35
우리 함께 죽은 것들과 놀자
우주 밖으로 떠밀려간 쓰레기 더미는 푹신해서
영혼 없고 희망 없는 것들이 모두
하나가 돼

04.05. Pm 02:00

사랑한다 안 한다, 한다, 안 한다, 한다한다한다한다한다, 너의 이름은 무수하구나

수많은 별의 이름처럼, 수없는 사랑의 형상처럼

04.06. Pm 01:03
빛은 터지고 빛은 폭발한다

양말은 늘 한 짝이 모자라고
봄에 건조된 생활은 바짝 마르고

입주청소 공유오피스 여성의원으로 이어지는
길을 따라
함께 걷는 이 시간은 하나의 둥근 원 같지

04.06. Pm 07:06
별과 밤이 겹쳐지고 흩어지고
공중에서 터지는 비눗방울

결국 공원에 다다른 우리는 연인들 무리에 파묻힌다
몇백 년 만에 지구를 지나간다는 혜성 소식

그것은 아주 오랜 징표, 껴안는 몸짓 같지

에세이

마음을 이어 붙이면 종이비행기

책과 술

책은 정신을, 맥주는 감정을 살찌게 하지. 한 손에 책을, 한 손에 술을 들고 우리는 만난다. 우리는 자주 만난다. 우리는 자주 우정을 나눈다. 우리는 독립서점에 간다. 우리는 밤을 건너간다. 내일이 없는 사람들처럼 웃고 떠든다.

백조와 오리

백조와 오리는 어떻게 다르지? 우선 하얗다는 점에서 비슷해. 그리고… 친구라는 점에서 그저 친구야. 시로 연결된 나의 친구 연희는 사랑하는 것이 많다.

사랑하는 것, 카메라

그는 로모 카메라로 찍은 골목과 풍경, 고양이를 인화한 사진엽서를 보여주었다. 세상의 모든 뒷골목과 뒷모습을 찍어버리겠다는 듯이. 풍경을 끝까지 바라보는 집요함과 고집스러움이 특기라는 듯이.

사랑하는 것, 초록색

초록에도 여러 색깔이 있다는 걸 친구를 통해 알게 된다. 진초록, 연두에 가까운 초록, 청록에 가까운 초록, 검정빛이 도는 초록. 친구에게 물들어 나도 초록을 조금 특별하게 여기게 된다. 내가 좋아하는 초록은 자연의 빛을 닮은 초록. 햇빛과 섞인, 초록인 듯 아닌 듯한 초록. 생명력이 느껴지는 그런 초록.

사랑하는 것, 버섯

친구의 가방엔 버섯 키링이 주렁주렁 달려 있다. 그걸 보면서 가끔 엉뚱한 문구를 떠올린다. '산에서 모르는 버섯을 발견하면 그 위에 누워 보세요.'

해파리

우리가 해파리에 불과했던 시절을 떠올린다. 양수 안에서 헤엄치던 시간을. 이름이 없고 성별이 없던 시간을. 우주 안을 검은 점으로 떠돌며 하염없이 집을 짓던 시간을.

유령

유령은 녹아 흐른다. 촛불 같고 양초같이.

배지

친구여, 우정을 가슴에 새기게. 압정처럼, 연못처럼 넓어지는 마음을 가지면 사랑은 감정을 고양시키고 우정은 가슴을 넓어지게 하네.

친구의 슬픔

나와 전혀 다른 삶의 굴곡을 지닌 친구의 슬픔을 잘 알지 못하지만, 친구는 가끔 엉엉 운다. 나도 가끔 운다. 우리는 가끔 몰래 운다. 우는 게 특기인 사람들처럼.

세계의 곰팡이

곰팡이가 아삭아삭 피어납니다. 그 위에서 아이들이 태어납니다. 세계가 자랍니다. 발밑을 조심하세요.

고양이

연희에게는 기르는 고양이가 있고, 길렀던 고양이들이 있다. 연희에게 선물한 버섯 모양 유리 화병은 아직 꺼내지지 못한 채 책상 위에 있다고 한다. 나는 쨍그랑 소리 나며 깨지는 화병과 유유히 지나가는 하얀 고양이를 상상한다. 그건 이 책에 실린 어떤 시의 모티브가 되었다.

텀블러와 에코백

지구를 사랑하는 우리는 지구인, 우주인, 초록색 인간들.

병뚜껑과 양말목

연희는 병뚜껑을 모은다. 양말목으로 신기한 꽃을 만든다. 가장 오래된 것은 가장 낯선 것. 가장 낡은 것이 새로워질 때가 있다.

뺀글머리

늘 구불거리는 연희의 머리카락. 만지면 뭉게구름처럼 펑 터질 것 같다.

운동화

운동화를 신고 폴짝, 뛰어서 오늘도 연희를 만나러 간다.

6조각으로 나눈 마음

*** 책 그리고 시, 따스함**

눈을 감으면 어두운 방 안에 앉아 있는 네가 보인다. 분명 한낮인데도 그곳은 동굴처럼 어두컴컴하고, 그런데도 한껏 조도를 낮춘 조명 아래서 네가 책을 읽고 있다. 조금만 눈을 돌리면 그 옆에 나도 있다. 책을 읽다가 무슨 재미있는 부분이 있는 것인지 네게 보여주며 대화를 건넨다. 우린 함박웃음을 지으며 시간 가는 줄도 모르고 대화에 빠져든다. 이건 가끔 내게 떠오르는 장면이다. 기억은 원래 시간이 지날수록 재구성되는 법이긴 하지만, 너와의 처음을 생각할 때면 나는 이 장면이 매번 떠올려진다.

사실 어쩌면 우리는 만나지 못했을지 모른다. 시를 쓰지 않았으면, 책을 좋아하지 않았으면, 비슷한 동네에 산다는 이유로 집을 향해 가는 버스에 함께 오르지 않았으면. 사실 그 외에는 접점이라고는 별로 없었을지 모를 우리가, 나이와는 상관없이 그렇게 친해질 수 있었던 것은! 글쎄, 운명이어서라고 우겨본다면 될까. 그럼 너는 다시 호탕하게 웃으며 긍정의 뜻으로 내 어깨를 두드려댈지 모르겠다. 어찌하였든 우린 친해졌고, 서점을 찾아 돌아다녔고, 책을 함께 읽기 위해 공간을 드나들었고, 그렇게 서서히 아니 급속도로 우정을 나누는 사이가 되어버렸고. 이젠 우정 시집을 내는 사이가 되어버렸다. 그동안 발터 벤야민의 책을 함께 읽어나가고, 도나 해러웨이 책을 보며 텔레파시가 통하는 듯 바로 다음 책을 선택하면서 시간을 보낸 것들이 왠지 함께 시집을 내기 위함이 아니었나? 하는 대단한 착각을 운명처럼 받아들고서. 책 속에서 발견한 문장을 나누어 가지고 시를 쓰자! 함께 마음을 정했을 때처럼, 금방 따스해지고 만다. 한겨울에도 아이스 아메리카노를 마시는 너는, 되려 참 따스함을 주는 사람이다. 곁에 있으면 그렇게 추위를 잊을 수 있다.

*** 그림 속 쓸쓸함**

전시회를 자주 가지는 못하는 나로선 너의 눈 밝음에 대해 항상 감탄하곤 해. 이렇게 전시를 사랑하는 사람이 또 있을까 싶을 정도로 그림과 사진과 조각 등 여러 예술 작품을 자주 찾는 민현. 작품을 바라보는 네게는 뭔가 꿰뚫는 힘이 느껴진달까. 그래서 함께라면 왠지 든든하달까. 모처럼 시간을 맞춰 전시를 보러 갔을 때 그렇게 기뻐서 수다쟁이가 되고 말았던 것. 그때 이야기 나누던 시간이 참 좋았던 건 너의 그 눈 밝음 때문이었어.

네가 좋아하는 작가와 내가 좋아하는 작가가 비

슷하기도 하지만, 확연히 다른 이유는 아마도 그 작품 속에서 들리는 어떤 이야기들 때문일 거야. 작품을 만들어낸 작가의 마음을 들여다보면서 우리와 맞대보기도 하고, 이렇게 같음을, 또 이렇게 다름을 목격하면서 참 아름답구나, 그런데 참 슬프구나 느끼면서, 어떤 부분들에선 차이가 있겠지? 그렇지만 민현, 네가 바라보는 세계가 늘 힘들지 않길 바라. 그저 사물을 찍어놓은 사진에서 느껴지는 그 쓸쓸함을 우리가 잘 가꾸어 나가기를. 좋은 시를 언제나 가꾸어 나가기를, 우리가 그랬으면 좋겠어.

*** 귀염 뽀짝 스티커의 끈끈함**

스티커를 떼었다 붙인다. 공책에, 다이어리에, 핸드폰에, 노트북에 귀여움을 붙인다. 작고 별 쓸모없을 것 같은 이 스티커에는 무한한 긍정의 에너지가 숨어 있다.

스티커 뭉치를 한가득 들고 있는 한 사람. 여기 나 말고도 또 한 사람이 있다. 민현이의 실루엣이 보인다. 우리는 문구숍에서 오래 서 있는 사람 중 하나일 테고, 결국 지나치지 못하고 저 귀여움에 기꺼이 발이 묶이는 사람 중 하나일 테겠지. 이런 스티커 덕후들 같으니라고! 스티커를 나누어 가지며, 환호성을 지르는 종족, 덕지덕지 애정을 붙여 애정을 과시하는 종족. 뭔가 캐릭터 스티커만큼 귀엽기도 하고, 뗄

수 없는 참 끈끈한 사이 같기도 하고. 취향이 비슷하면 실보다는 득이 되는 게 맞는 것 같고.

오늘도 나는. 아, 너와 꼭 닮은 여자아이 스티커 앞에서 무너지고 말았다. 그 귀중한 물건을 구매해 소중히 가방에 넣는다. 곧 만날 너의 얼굴이 떠오른다. 함박웃음 스티커를 붙여놓듯 선명한 네 미소가 끈끈하게 달라붙는다.

＊ 반려인들의 몽글몽글

반려인이 된다는 것은, 자기 자신의 기준보다는 상대 쪽 기준에 더 자주 맞춰주는 일이 아닐까. 오래 반려견을 사랑해 온 너와 반려묘의 집사인 나. 그래선지 각자의 반려동물을 닮아가는 것 같아. 푸들 이미지의 너와 고양이 같은 나. 여기저기 발발거리며 거리를 쏘다니는 너와 종잡을 수 없이 여기저기 기웃대는 나. 우리가 사랑하는 동물을 이야기할 때면 그 어떤 이야기보다 더 즐거울 수가 없지. 몽글몽글 피어나는 사랑에는 끝이 없지.

＊ 알코올의 짜릿한 순간

오늘은 막걸리를 한잔 마시자. 맥주나 하이볼, 소주도 좋지만 막걸리를 마시는 날. 너는 두부김치를 참 좋아하고, 너는 파전을 좋아하고, 그래 좋아! 흔쾌히 외치면서 술 한잔 기울여주는 동네 친구. 막차가

끊기는 걸 걱정하지 않아도 되는 편안함에 맛있는 이 시간에 집중할 수 있다. 고민이 있는 날에도, 그저 즐거운 날에도, 축하를 위해서, 아니면 회의를 하러. 등등 어떤 이유가 없다 해도 자주 우리는 만나 알코올을 들이켠다. 그거면 오늘 하루는 다했지 뭐. 동네 친구가 생겨서 너무 좋은 이유. 한 잔 마시는 순간의 짜릿함.

*** 그리고 다시 시, 날카로운**

이 프로젝트를 위해 내달리다 도착한 지금, 마치 민현의 시와 긴 이어달리기를 하고 끝낸 느낌이야. 바통을 서로 주고받으며, 새로운 시를 창작하는 동안에 나는. 동무로서 질투 아닌 질투도 하고, 그저 한 독자로서 민현의 시를 읽으며 감탄을 하고, 학생으로서 어떻게 시가 전개되는지를 배우는 과정까지 다복한 시간을 통과했단 생각이 들어. 그러니까 시인으로서 다시 한번 자세를 고쳐나갈 수 있었던 건 무엇이 되었든 날카로운 면모를 위해 모든 감각을 열어둬야 한다는 것을, 알게 됐어. 시 쓰는 과정과 우정을 나누는 과정이 어쩜 이리도 닮은 것일까. 그러니 우리의 시가 이어졌다 흩어져가는 과정처럼 또 다른 누군가에게도 이 시가 이어지기를, 그리고 흩어졌다가 또 어딘가로 모여들기를!!!

찬란한 우정을 위해! 만만세!

연희와
민현

우정
시집

한연희

시집 『폭설이었다 그다음은』, 『희귀종 눈물귀신버섯』이 있다.

주민현

시집 『킬트, 그리고 퀼트』, 『멀리 가는 느낌이 좋아』가 있다.

우정 시집
연희와 민현

글쓴이	한연희, 주민현
발행인	이상영
편집장	서상민
디자인	서상민
마케팅	박진솔
교정·교열	신희정
인쇄	피앤엠123
펴낸곳	디자인이음
	2009년 2월 4일 제300-2009-10호
	서울시 종로구 효자동 62
	02-723-2556
	designeum@naver.com
	instagram.com/design_eum

발행일	2024년 7월 8일 1판 1쇄 발행
값	11,000원